AF607118

EL MUNDO DE DRÁCULA

Un análisis de sangre al vampiro más eterno

Ricard Ruiz Garzón

Ilustraciones de Agustín Comotto

ALMA

© de esta edición:
Editorial Alma
Anders Producciones S.L., 2025
www.editorialalma.com

© de los textos: Ricard Ruiz Garzón
© de las ilustraciones: Agustín Comotto
Diseño de la colección: redoble.studio
Diseño de cubierta: lookatcia.com
Maquetación: redoble.studio

ISBN: 978-84-10206-08-3
Depósito legal: B-13257-2025

Impreso en España
Printed in Spain

Este libro está hecho de material proveniente de bosques certificados FSC® bien manejados y de otras fuentes controladas.

Colmillos, sangre, una capa... Pese a sus monstruosas mutaciones, a Drácula le bastan dos o tres rasgos para ser reconocido. Es uno de los grandes personajes de la literatura y del cine, y un reflejo constante de nuestra visión de la vida, la muerte, el deseo, el sexo, la fe, el abuso de poder y el ansia, y del precio de la inmortalidad.

Es un símbolo eterno.

Drácula, la obra escrita por Bram Stoker en 1897, es eso y más: una estocada a la época victoriana y un reflejo de la obsesión de su autor por el teatro, la salud, el esoterismo, la tecnología o la tradición gótica, que supo modernizar. En este libro encontrarás respuesta a sus grandes secretos: ¿por qué la sangre era para él la vida? ¿Por qué le asustan al conde el ajo o los espejos? ¿Qué relación tiene con los sueños, el feminismo, las cruzadas o la psiquiatría? ¿Sabías que Stoker se casó con la novia de Oscar Wilde? ¿Y que *Drácula* es a la vez una novela epistolar, religiosa, de terror, de viajes y de abogados? ¿Qué ha hecho de ella un icono transmedia?

Atrévete con el vampiro más célebre que ha existido. Su promesa de eternidad no es un farol.

Cómo clavarle el colmillo al monstruo

Todos lo hemos visto: un dormitorio elegante, un lecho que derrama blancura, una joven durmiendo a cuello limpio... Y en la ventana, recortado contra la luna entre jirones de niebla, un murciélago que araña los cristales. Sabemos lo que viene, lo hemos leído, visto, soñado... Sí, forma parte del mito. El vampiro entrará, porque ya lo ha hecho, se le ha dado permiso. Entra, se transforma y aparta su capa para inclinarse ansioso sobre la Bella. Y entonces, tras un mínimo suspense, la Bestia muerde, hinca el colmillo, succiona con frenesí. Consuma el acto que le da vida y lo hace inmortal. Se sacia de sangre y nos sume en la perplejidad. Porque el acto nos aterra, nos repugna. Y, al mismo tiempo, nos fascina.

¿Cuál es el secreto de esta escena tantas veces repetida? ¿Por qué triunfó con Drácula y Lucy en la obra de Stoker? ¿Por qué la repitió el teatro y luego insistieron Browning, Fisher y Coppola con las actuaciones de Lugosi, Lee y Oldman? ¿Por qué la idea del vampiro existía ya en la Antigüedad y por qué el cine, el cómic, la televisión, las series, el anime y los videojuegos la han ido reinventando hasta perpetuarla?

¿Será que el instinto de muerte, como decía Rafael Llopis, nos puede tanto como el sexual?

¿Será que el monstruo nos seduce, a nuestro pesar?
¿O será algo más?

El origen del *Big Fang*

Como ha escrito Rodrigo Fresán, y más allá de las respuestas que este volumen trata de aportar, nada de lo anterior existiría sin el Big Fang (en inglés, gran colmillo) que supuso en 1897 el *Drácula* de Bram Stoker. Ya había vampiros antes, siempre los hubo, y en el siglo XVIII hasta generaron en Europa histerias colectivas. En la literatura, autores como John William Polidori y Joseph Sheridan Le Fanu se habían adelantado décadas a Stoker, y genios oscuros como F. W. Murnau lo copiarían luego hasta igualarlo con su Nosferatu. Pero Drácula aún es Drácula, y el irlandés es el gran autor que lo alumbró. Un autor, sin embargo, desconocido para la mayoría. Un gigante empequeñecido. ¿Por qué? ¿Habría llegado el *boom* del vampiro si ese oscuro grandullón de nombre bíblico no se hubiera empeñado en robarle horas al sueño para escribir su intensa mezcla de historia, folclore y ficción? ¿Habría triunfado así sin volcar en ella miedos y deseos ocultos de la sociedad victoriana? ¿Y habría sido famoso, el Stoker que murió casi arruinado, si se hubiera dedicado a un género menos denostado que el terror? ¿O estaba condenado de antemano, como las víctimas del conde, a que lo devorase su personaje? ¿Era buen escritor, además de buen gestor y buen aficionado al teatro? Y, lo más importante, ¿cuál fue la alquimia que permitió tales mutaciones?

Bebedores de... tinta

Además de en la sangre, como prueban las páginas siguientes, el secreto de *Drácula* está en la tinta. En su estructura epistolar y documental, en personajes como Mina, Jonathan, Renfield y Van Helsing, en la ocultación del monstruo durante trescientas páginas.

Pero también en su contexto: en la época de Stoker, dual y lunar, en los escenarios de Londres a Transilvania y en la combinación de elementos científicos y religiosos que caracterizó un siglo XIX arrollado por algo más que la teoría de la evolución de Darwin.

En este volumen aparecen nombres previsibles, como los de Cristo, Freud, Vlad, Irving o Charcot, y otros menos esperados, como los de Wilde, Shakespeare, Stevenson, Edison, Frankenstein o Sherlock Holmes. Aparecen trenes y fonógrafos, bufetes de abogados y cámaras Kodak, sectas malditas y hostias consagradas. Y aparecen, cómo no, la vida y muerte de Stoker, su entorno social, cultural, político y económico, sus sueños y pesadillas, las lecturas que generó su obra y los mil nuevos avatares de su personaje.

Lo que viene a continuación es, en fin, una analítica en toda regla. Un análisis de sangre al fenómeno, reflejado, si es posible, en los espejos de Stoker y de Gran Bretaña. Sin ellos, el vampiro sería hoy poco más que un disfraz de Halloween.

Pero es un mito, y su sangre es la nuestra: eterna como la noche.

La sangre es la vida

Como otras grandes obras, *Drácula* es un historial clínico. Sus dolencias, remedios e infecciones fueron bien conocidos por Bram Stoker.

Diagnóstico: inmortal

Sangre, sí, pero también fiebres, anemia, nervios, depresión y el sueño del rejuvenecimiento. Las víctimas del vampiro evocan los suplicios que Stoker padeció de niño.

«Tenga cuidado con esos cortes. En este país son más peligrosos de lo que se figura.» La advertencia del conde, al principio de *Drácula*, resume bien los riesgos de una novela llena de heridas, males, síntomas, medicinas y hasta propuestas de eutanasia. Protagonizada por la sangre, el alimento del vampiro, la obra de Stoker refleja nuestro miedo a la muerte y a los muertos, pero también la promesa de la inmortalidad... y su precio.

Como sus personajes decididos a combatir contra los no muertos, Bram Stoker creció en Irlanda rodeado de horrores: el cólera,

«Durante la niñez, a menudo me parecía tener la sensación de que estaba a punto de morir.»
Bram Stoker, escrito sobre sí mismo en *Personal Reminiscences of Henry Irving*

la Gran Hambruna, la mortalidad infantil y, sobre todo, una extraña enfermedad que lo mantuvo en cama y paralizado hasta los siete años. Aterrorizado en hospitales-castillo por médicos, villanos con objetos punzantes, y por enfermeras que le perseguían con jeringuillas para sacarle sangre, el autor recordaría que su madre le contaba vivencias trufadas de plagas bíblicas, cadáveres redivivos y barcos-ataúd. Hasta su muerte por sífilis en 1912, tras padecer infarto, gota, problemas de visión y la enfermedad de Bright, Stoker vivió, como sus coetáneos, atento al dolor y a la llamada de la parca.

Su mérito fue alcanzar la posteridad sin ofrecer el cuello a cambio.

Mens sana in corpore sano

Los biógrafos ignoran cómo, pero el niño enfermizo Bram dio un gran estirón y pasó a convertirse en un campeón deportivo. Durante sus estudios en el Trinity College (1864-1870), el gigantón Stoker ganó trofeos en atletismo y destacó en trapecio, pértiga, remo y *rugby*.

Charlotte y el *Cholera morbus*

A petición de Stoker, su madre Charlotte escribió en 1873 sus recuerdos de la epidemia de cólera de 1832, que en Sligo (Irlanda) segó veinticinco mil vidas. Junto a la fiebre y la diarrea, la mujer recreó casos de entierros prematuros por romper las piernas del presunto cadáver al meterlo en el ataúd. El propio Bram vivió un nuevo brote al nacer en 1847: el corresponsal del *Dublin Evening Mail* lo tildó, cual Drácula, de «azote de la humanidad».

Sanguijuelas, transfusiones y eucaristías

Símbolo, mito, remedio y alimento, la sangre es a la vez sinónimo de vida y de muerte. Clave en el terror, en *Drácula*, se licúa en tantas variables que no hay colmillo que se sacie.

«¡La sangre es la vida!» Lo repite en la novela, tras lamerla del suelo por una herida de su psiquiatra, el paciente y siervo de Drácula R. M. Renfield. Al hacerlo, además de coagular el lema del libro, subraya su mayor símbolo: la sangre es el linaje del vampiro, es el contagio, la pasión de los amantes, el lazo familiar; es el código del terror y el erotismo, la magia, el misterio. Perder la sangre es perder la vida, ofrecerla a los dioses es sacrificarse, e ingerirla, desde tiempos antiguos, un intento de hacerse con el poder y la energía ajenos. Como el vino, su gran reflejo.

Una eucaristía herética

El pan y el vino, en el cristianismo, son el cuerpo y la sangre de Cristo. Beber la sangre de Cristo, como en misa, es conectar con su esencia. Drácula, por tanto, ejerce una eucaristía inversa y herética, mediante la cual expande su proselitismo. Que la novela jamás haya sido considerada blasfema es todo un milagro.

La «aventura» de Lucy

La gran víctima en *Drácula*, la joven Lucy, recibe en vano hasta cuatro transfusiones de sangre. Se las aplica el doctor Van Helsing y lo hace en 1893, una época en la que, al no conocerse los grupos sanguíneos (se descubrirían en 1900), la operación era temeraria. Las primeras transfusiones documentadas corresponden al siglo XVII, aunque se sabe que los incas las probaron antes; por suerte para ellos, casi todos eran de grupo 0.

Asquerosos hirudíneos

Se cree que al lánguido niño Stoker se le aplicaron sangrías: extracciones de sangre que, en el siglo XIX, restituían el equilibro de los humores y curaban, decían, del asma al acné. Las sangrías podían hacerse con bisturí, con el vacío de un vaso caliente o con sanguijuelas: Inglaterra, hacia 1840, importaba seis millones de estos hirudíneos al año sólo desde Francia. En *Drácula*, no en vano, Stoker llama al conde «asquerosa sanguijuela».

Chupasangres reales

Indisociables del mito, los *Desmodontinae* (murciélagos vampiro) son quirópteros hematófagos: chupan sangre. Sus tres especies provienen de América y suelen transmitir enfermedades. Van Helsing los menciona en el capítulo XIV, al explicar a Seward por qué Lucy ha perdido tanta sangre.

Estribillo bíblico

La prohibición de ingerir sangre que origina el lema de *Drácula* proviene de la Biblia. Aparece en Deuteronomio 12:23 y 12:16 y en Levítico 17:11-12: «Pero guárdate de comer sangre, porque la sangre es la vida».

Renfield & Seward: ¿cuerdos contagiados?

Junto a la infección y la muerte, el gran tema de salud en *Drácula* es la enfermedad mental. Manicomios, psiquiatras, delirios zoófagos... y, de fondo, siempre Freud.

«—¿Está usted loco, doctor Van Helsing? [...]

»—¡Ojalá lo estuviera! —dijo—. La locura sería mucho más llevadera que una verdad como ésta.»

La respuesta del gran enemigo de Drácula se da antes de que decida actuar así con la paciente Lucy Westenra: «Voy a cortarle la cabeza, a llenarle la boca de ajo y a clavarle una estaca en el cuerpo».

No es de extrañar que su interlocutor, un doctor Seward enamorado y exhausto tras haber dado sangre, dude de su juicio.

A Seward lo supera, sin embargo, su paciente estrella, el agente inmobiliario R. M. Renfield, un zoófago que se alimenta de moscas, arañas, aves y semejantes para adquirir fuerza vital a la manera del «Amo». Sus devaneos entre el delirio y la epifanía, paralelos a los del médico, recorren la obra en forma de informes, testimonios, grabaciones y trepanaciones potenciales.

El **conflicto entre lo racional y lo irracional**, clave en Drácula, se convierte así en una subtrama central que aún fascina. Interpretado en el cine por Klaus Kinski o Tom Waits, Renfield será siempre un gran loco sensato de la historia literaria.

La orgía freudiana

En los análisis freudianos de *Drácula* se ha llegado a decir que la obra es «un combate incestuoso y necrofílico» y «una orgía sadomasoquista».

Asociar todo ello a la época victoriana, o a la biografía del propio Stoker, es a menudo un deporte entre lo frívolo y lo hiperbólico.

Bedlam y los *lunatickes*

Aunque el manicomio del doctor Seward se halla en *Drácula* junto a la ficticia finca de Carfax, la mayoría de psiquiátricos de Londres emulan en la ficción el histórico Hospital Real de Bethlem, fundado en 1247. Hoy centro de vanguardia, al Bedlam (en inglés, casa de locos) lo cita incluso Shakespeare por la crueldad de sus tratamientos. En el siglo XIX, cien mil personas al año pagaban un penique por ver a los *lunatickes* (de *lunatic* y *ticket*), una atracción tan exitosa como el zoo. El dramaturgo Nathaniel Lee, ingresado allí, escribió: «Me llamaron loco, y yo los llamé locos a ellos, y los maldije, y ellos me superaron en número».

Insomnios crepusculares

Nocturna como *Drácula*, la novela de Stoker transcurre sobre todo al irse el sol. Que sueños y pesadillas pueblen sus páginas, sin embargo, tiene más explicaciones.

Una cena con una generosa ración de cangrejos aliñados fue el origen, dijo Stoker, de la pesadilla que en 1890 le llevó a anotar la historia de un vampiro rey saliendo de la tumba. Quizá por ello, en *Drácula* hay personajes que duermen o mal duermen a todas horas, empezando por Jonathan Harker, tras cenar *paprika hendl*, y acabando por el irregular reposo del conde en su ataúd. Mina y Lucy se comunican con él por sueños, y hablan de pesadillas con aleteos de murciélagos, y a la segunda se le atribuyen ataques de «sonambulismo». Al final, Lucy apuntará en su diario: «¡Qué felicidad la de algunas personas [...] a las que llega el sueño cada noche como una bendición [...]!».

Clásicos soñados

Junto a Stoker con *Drácula*, el podio de grandes clásicos de raíz onírica lo completan Mary W. Shelley, que afirmó haberse inspirado para *Frankenstein* en una pesadilla sufrida en Villa Diodati, y R. L. Stevenson, que soñó *El extraño caso del Dr. Jekyll y Mr. Hyde* antes de arrojarlo al fuego y reescribirlo. Otra cosa es saber si ese sueño lo inventaron *a posteriori* por el horror y el escándalo que produjeron sus obras.

Mare y la parálisis del sueño

Como las vampirizadas Mina y Lucy en *Drácula*, y como el propio Stoker en su infancia, la experiencia de soñar sin poderse mover evoca el trastorno hoy conocido como **parálisis del sueño**. Más frecuente de lo que se cree, acarreó durante siglos la creencia de que íncubos y otros espíritus se sentaban en el pecho del durmiente. La divinidad nórdica Mare, de etimología presente en el inglés *nightmare* o el francés *cauchemare*, alude a ello. En castellano, lo llamamos pesadilla porque esa criatura nos pesa en el pecho.

El **láudano** se usaba en el siglo XIX con fines medicinales pero su uso derivó en otros más sociales, y artistas y escritores lo consideraban un "néctar divino", debido a sus propiedades narcóticas.

Sedante de culto

Aunque en Drácula el personaje de John Seward valora administrarse «cloral» para dormir, el sedante más habitual en la obra y la época es el láudano, compuesto de vino blanco, opio, azafrán, clavo y canela.

Van Helsing: la ciencia contra el mal

El antagonista de Drácula representa el auge del positivismo en una época alterada por el choque entre Darwin y los dogmas religiosos.

De la oscuridad a la luz, de la superstición al progreso. Filósofo y metafísico, doctor en Medicina y en Letras, además de abogado y especialista en enfermedades raras, el personaje de Abraham van Helsing encarna el avance del positivismo en la era victoriana. Héroe frente al villano, pareja médica con Seward y líder del sexteto que vencerá al monstruo, combina saberes esotéricos para enfrentar el mal, aunque siempre bajo la batuta de la ciencia y la razón. Heredero de científicos ficticios como el Frankenstein de Mary Shelley o el Martin Hesselius de Joseph Sheridan Le Fanu, también evoca a un médico real de enorme fama: el de la emperatriz María Teresa I de Austria, Gerard van Swieten (1700-1772). Mezcla de Freud, Holmes y Calmet, Van Helsing nació para Stoker en una época que se resentía del mazazo asestado por Darwin al modelo de fe (*El origen de las especies* se publicó en 1859).

El doctor de Stoker también acabó siendo la fusión de tres proyectos de personaje: un parapsicólogo, un detective y un historiador

Van Helsing *dixit*

«Ah, la culpa la tiene nuestra ciencia, que lo quiere explicar todo; y si no lo explica, entonces dice que no hay nada que explicar.» (Capítulo XIV de *Drácula*.)

> ### La comunidad del *colmillo*
> El sexteto que vence a Drácula, presagio del de Frodo contra Sauron, está formado por:
> - **Abraham Van Helsing**, médico y abogado.
> - **John Seward**, psiquiatra y pretendiente de Lucy.
> - **Jonathan Harker**, pasante y pretendiente de Mina.
> - **Mina Murray**, futura esposa de Harker.
> - **Quincey Morris**, millonario texano pretendiente de Lucy.
> - **Arthur Holmwood**, prometido de Lucy.

alemán. Pese a hacer transfusiones, resolver enigmas del conde, tratar a sus víctimas y liderar al grupo que lo matará, Van Helsing es un hombre entre dos mundos que en momentos clave se erige en creyente y pelea con crucifijos y hostias consagradas. Esa estrecha convivencia entre ciencia y religión se resquebrajaría con el cambio de siglo.

La hipnosis: de Mesmer a Charcot

Que hasta el propio Stoker diera charlas sobre hipnotismo no sorprende en un final de siglo XIX en el que este tratamiento, junto a la fiebre espiritista, fueron tan populares que afectaron incluso a sir Arthur Conan Doyle, creador del rey de la lógica Sherlock Holmes. Las páginas en las que Van Helsing hipnotiza a Mina para saber del vampiro, sin embargo, deberían definirse para ser precisos como sesiones de médium: a quien Mina capta, en realidad, es a un muerto, aunque sea viviente.

Además de ser una técnica científica usada por Van Helsing en la novela, la **hipnosis** está muy presente en en universo de *Drácula,* pues constituye de uno de los principales poderes del vampiro: el de poder hipnotizar con la mirada y comunicarse en sueños con sus víctimas.

En la novela, el hipnotizador Van Helsing rinde homenaje al «gran Charcot» y los investigadores de la «ciencia eléctrica» que años antes «hubiesen sido quemados por brujos». El neurólogo y patólogo Jean-Martin Charcot (1825-1893), a quien Stoker trató, y que fue maestro de Freud, pasó a la historia por sus lecciones en el parisino Hospital de la Salpêtrière, donde hacía demostraciones de hipnosis, histeria y sonambulismo.

Gracias a él, el «magnetismo animal» de su predecesor Franz Mesmer, también llamado mesmerismo, conectó con la terapia moderna.

Y lo hizo mediante nombres como los del marqués de Puységur, creador del 'sonambulismo artificial', y el escocés James Braid, inventor del concepto de "hipnósis".

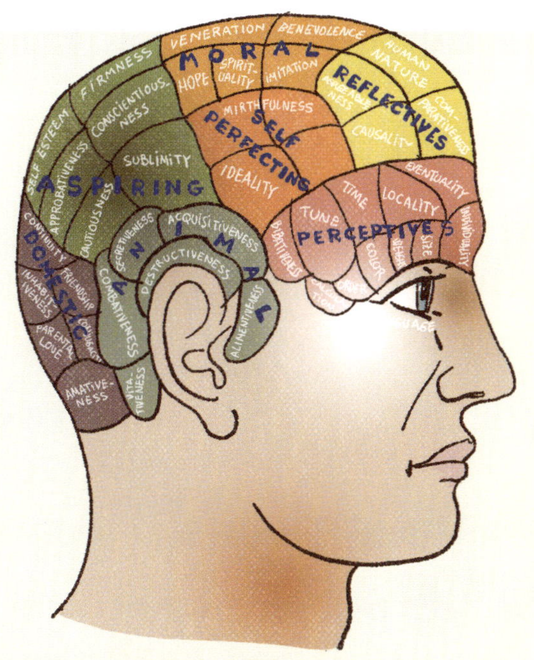

Frenólogos: la cabeza, espejo del alma

«El conde es un delincuente, un típico delincuente. Así lo clasificarían Nordau y Lombroso», le dice Mina al doctor Van Helsing al final de *Drácula*. Casi textual en su descripción del monstruo, Stoker tomó prestada de la frenología las leyes por las cuales se podía conocer la personalidad de alguien por sus facciones y la forma del cráneo. Considerada hoy una seudociencia que permitió lecturas racistas, dicha disciplina se popularizó en el siglo XIX gracias al psiquiatra y antropólogo italiano Cesare Lombroso (1836-1909), quien creía que la criminalidad provenía del deterioro biológico.

Los rasgos de Drácula, de la capacidad craneal a las orejas picudas, también los habría firmado Max Nordau (1849-1923), que decidió aplicar a artistas y escritores las teorías de Lombroso.

¿Miedo o deseo?

Famosa por su represión y sus contradicciones, la Inglaterra victoriana inoculó en *Drácula* un reflejo distorsionado de sus valores.

El doble: es conde y esconde

Una bestia sedienta de sangre bajo la imagen de un aristócrata: *Drácula* ofrece un festín de lecturas ocultas tras la figura del doble.

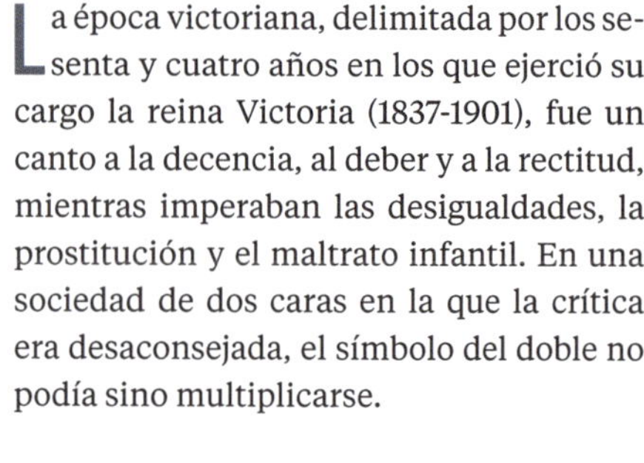

La época victoriana, delimitada por los sesenta y cuatro años en los que ejerció su cargo la reina Victoria (1837-1901), fue un canto a la decencia, al deber y a la rectitud, mientras imperaban las desigualdades, la prostitución y el maltrato infantil. En una sociedad de dos caras en la que la crítica era desaconsejada, el símbolo del doble no podía sino multiplicarse.

Y *Drácula*, con su conde sin reflejo y sus binarismos perversos, no fue la excepción.

El siervo sometido al Amo y el conde apoderándose del alma y la voluntad de sus víctimas adquieren así la categoría de metáforas parafílicas: en el fondo, nada podía aterrar más a un victoriano que un vampiro libidinoso vestido de abogado respetable. Y más si, pese a sus aires de *gentleman*, era una bestia de tierras ignotas que atacaba de noche.

Los juegos con la idea del doble, en consecuencia, inundan la novela: además de vestirse como Jonathan Harker para cargarle sus muertos, vivientes o no, Drácula intenta robarle la nacionalidad, el aspecto y hasta la prometida. También hay reflejos especulares entre los secundarios Mina y Lucy o Seward y Renfield. El más notorio, sin embargo, es entre protagonista y antagonista: convertido en transmisor de placeres prohibidos, Drácula es el reverso de Van Helsing, gendarme del orden y la moralidad victorianos.

Como en el resto de la obra de Stoker, los cajones en los que duerme el conde ocultan una legión de identidades secretas, personalidades prestadas y misterios ambivalentes.

El siglo del doble

Siete clásicos que precedieron a *Drácula* al abordar el *doppelgänger* (doble andante en alemán) en un siglo, el XIX, que lo consagró como mito, tema y motivo:

- *La maravillosa historia de Peter Schlemihl*, de Adelbert von Chamisso (1812).
- *Los elixires del diablo*, de E.T.A. Hoffmann (1815).
- *El doble*, de Fiódor Dostoyevski (1846).
- *Carmilla*, de Joseph Sheridan Le Fanu (1871).
- *El Horla*, de Guy de Maupassant (1882).
- *El extraño caso del Dr. Jekyll y Mr. Hyde*, de Robert Louis Stevenson (1886).
- *El retrato de Dorian Gray*, de Oscar Wilde (1890).

Una capa volátil

Aunque todo el mundo imagina al conde con capa, el atributo fue consagrado por el teatro en la obra de Hamilton Deane, de 1923. En la novela, el vampiro sólo la viste una vez: cuando el atónito Harker lo ve reptar cabeza abajo por el castillo, «abierta a los lados como unas grandes alas». La imagen, eso sí, se erigiría en ilustración habitual de cubierta en 1901.

El sexo subliminal

Mordisco a la yugular de la reprimida sociedad victoriana, la obra de Stoker dinamita roles, órdenes, instintos e identidades.

Cargada de estacas, bisturíes y rifles Winchester, claros símbolos fálicos, *Drácula* parece la pesadilla sexual perfecta para un victoriano. Como los coetáneos del autor, que reprimían con corsés y lánguidos ideales el temor a una sexualidad femenina desacomplejada, el vampiro elude las alusiones directas a la lujuria, pero su conducta de donjuán transilvano se leería como la manifestación subliminal de un libertino como Sade.

«La muchacha se puso de rodillas y se inclinó sobre mí, con expresión de franco deleite. Tenía una voluptuosidad deliberada que resultaba excitante y repugnante a la vez, y cuando dobló el cuello llegó a relamerse los labios como un animal, de modo que vi a la luz de la luna el brillo de la humedad en los labios encarnados y en la lengua roja que lamía los dientes blancos y afilados.»
Diario de Jonathan Harper, *Drácula*

Drácula ataca en la cama, de noche, clavando sus colmillos en el agujereado cuello de víctimas como Lucy. De resultas de lo cual, la joven antes pura querrá besar voluptuosamente a su prometido. La Bella corrompida por la Bestia. Una bestia en forma de lobo, rata o murciélago, y una bella, frente a la cauta Mina, que apunta maneras cuando se plantea aceptar tres propuestas matrimoniales al empezar la novela.

Si el instinto era sospechoso en la era victoriana, el instinto animal unido al sexual podía ser anatema.

Las vampiresas que acechan a Harker en el castillo, sin embargo, apuntan más allá con sus aires lésbicos. En una obra en la

que Drácula seduce a Harker y lo acosa junto a Mina en el lecho nupcial (con Seward de *voyeur*), los freudianos se ponen las botas relacionando fluidos, succiones, oralidades, fetideces y ritos de pubertad.

Escrita mientras en Londres se juzgaba por sodomía a Oscar Wilde, con cuya primera novia se casó Stoker, *Drácula* habla de una sexualidad líquida y espesa. Y no sólo la obra: el mito de la influencia en Stoker de Henry Irving, el actor y director para quien trabajó durante veintisiete años, remite a una relación desigual paralela a la de J. W. Polidori con Lord Byron. El enigma de la identidad sexual del irlandés, casi un deporte, no niega un texto en el que una de las palabras más habituales es «virilidad».

Y ahí, subliminales o no, los ríos de tinta seguirán fluyendo como la sangre.

La estaca de Stoker

La estaca que usa Holmwood para acabar en *Drácula* con la vampirizada Lucy mide «seis o siete centímetros de grosor y unos noventa de largo». Según Molina Foix, «ninguna película se ha atrevido jamás a utilizar tan monstruosas proporciones».

Florence en tres actos

Conocida por sus familiares como *Granny Moo,* Florence Balcombe (1858-1937) fue una mujer de antológica belleza, lo que unido a su poca disposición al sexo llevó a algún descendiente a acusarla de frigidez. Pasaría a la historia por tres cosas interrelacionadas. La primera fue su noviazgo con Oscar Wilde (1854-1900), a quien ayudó tras caer en desgracia con sus juicios por sodomía. La segunda fue su matrimonio en 1878 con Stoker, cuya vida conyugal es un misterio pese al hijo en común. Y la tercera, ya muerto el

autor, fueron sus demandas contra la película de F. W. Murnau, *Nosferatu*, inspirada libremente en *Drácula* para eludir los derechos de autor. Florence logró destruir las copias, pero la cinta, una obra maestra, resucitaría de entre los muertos gracias al talento del cineasta alemán en su tratamiento iconográfico del personaje, sus juegos de atmósferas, sus planos osados y sus supuestos mensajes ocultos. Convertida hoy en película de culto, Nosferatu conserva sin embargo su aura de conflicto de ultratumba, y más allá de las tragedias acaecidas durante el rodaje hay quien lo atribuye a la venganza eterna de la viuda de Stoker. El relato, en todo caso, estaba a la altura de los mejores del propio autor.

Irving y el espanto

Pese a haber sido un gran actor, si John Henry Brodribb (1838-1905), de nombre artístico Henry Irving, pasó a la posteridad fue por la inspiración vampírica que supuso para Stoker. Amigo, jefe y confidente al que dedicó una biografía, Irving produjo tal efecto en el autor tras verlo hacer de *Hamlet* que su amigo Hall Caine calificó el proceso de «absorción vital». Durante tres décadas, Stoker trabajó para Irving en el Lyceum Theatre, lo acompañó en sus giras internacionales y escribió en su nombre unas cincuenta cartas al día, medio millón en total. Cuando en 1897 tuvo *Drácula* a punto, tras tanta devoción, invitó a Irving a la primera escenificación de la obra. Antes de la mitad, un ingrato y soberbio Irving abandonó la sala gritando: «¡Espantoso!».

Feminismo o misoginia

Al acabar el siglo XIX, Inglaterra empezaría a abordar la emancipación de la mujer. Las protagonistas femeninas de *Drácula* evidencian formas distintas de entenderla.

Mina y **Lucy**, los personajes femeninos esenciales de la novela de Bram Stoker son diametralmente opuestas. Mientras Mina parece representar la estatura moral esperable de la mujer victoriana, Lucy, en cambio, es todo lo contrario.

En 1893, el Viejo y el Nuevo Mundo chocaban en Inglaterra, generando intensos debates. Muchos, de la inmigración a la violencia, aparecen en la obra de Stoker. Criatura de una Europa primitiva, *Drácula* intenta de hecho acceder a una modernidad que lo matará. De ahí el juego, también, entre anfitriones e invitados que el autor subrayó con la replicada norma de que al vampiro haya que invitarlo a entrar la primera vez. Y de ahí, también, el papel de la mujer en la novela.

En el país de Mary Wollstonecraft, autora de *Vindicación de los derechos de la mujer* (1792), el sufragismo no triunfó hasta tres décadas después de aparecer *Drácula*, pero, en la época, algo se movía. Stoker lo refleja en la novela, con un rol para Mina Murray que oscila entre sus comentarios reivindicativos sobre la «mujer nueva» y su callada sumisión ante el grupo de hombres que la protege del conde. Las víctimas del vampiro, fuertes y ajenas al recato, mueren, sin embargo, al conocer el éxtasis.

Tal vez por ello, la crítica valora *Drácula*, a la vez, como una obra feminista y misógina.

La *New Woman*

Precedente del feminismo, el movimiento de la *New Woman* surgió a finales del siglo XIX para reivindicar un nuevo tipo de mujer que desafiaba a la conservadora *True Woman*, estandarte del patriarcado. Independiente y más interesada en la vida pública que en el matrimonio o la maternidad, vestía pantalones y fue caricaturizada por quienes la creían una amenaza. La mujer nueva fue representada por autoras como Sarah Grand (1854-1943) hasta la irrupción de las llamadas *flappers*, un grupo de mujeres jóvenes que desafiaron las convenciones sociales y culturales de su tiempo y luchó por sus derechos y libertades, rompiendo así los esquemas establecidos para la mujer.

Augurios de Mina

«Algunas de las "nuevas mujeres" propondrán algún día que se debería dejar que los hombres y las mujeres se vieran dormidos mutuamente antes de proponer o aceptar el matrimonio. Pero supongo que la nueva mujer del futuro no se contentará con aceptar la propuesta de matrimonio. Será ella misma quien la haga. ¡Y seguro que lo hará muy bien!» (Mina Murray en *Drácula*.)

El diablo en el altar

Hijo de un país católico, Stoker llenó su obra de referencias religiosas... y sacrílegas. Drácula es una caricatura de Cristo, y *Drácula*, una misa negra en forma de novela.

Relato gótico tardío, *Drácula* explota la exploración sobrenatural de la muerte y escenarios como criptas, capillas y cementerios. En esa línea, la literatura inglesa había jugado todo el siglo con el Bien y el Mal, la Luz y las Tinieblas, Cristo y Satanás. Hasta míster Hyde tenía su Jekyll, y Dorian Gray, su cara sin arrugas.

El vampiro de Stoker, por primera vez, encarnaría desde el título el Mal sin más. El horror puritano. ¿Cuestión de fe?

Anticristo incisivo

Al prometer una perversa vida eterna, Drácula se erige en Anticristo de manual que tiene un Bautista, Renfield, y un predicador, Van Helsing. Que las escenas centrales transcurran en espacios religiosos y que citas, parábolas y ritos bíblicos aparezcan por doquier prueba que la escritura de la obra fue paralela a la obra de las Escrituras.

La cruzada

«Así pues, somos agentes de la voluntad de Dios, para que el mundo y los hombres por los que murió Su Hijo no caigan en el poder de unos monstruos cuya existencia misma lo difamaría. Él nos ha permitido que redimamos ya un alma, y debemos salir a redimir más, como los antiguos caballeros de la Cruz.» (Van Helsing en *Drácula*.)

«Quien come mi sangre y bebe mi sangre tiene vida eterna, y yo lo resucitaré el último día, ya que mi carne es verdadera comida y mi sangre, verdadera bebida. Quien come mi sangre y bebe mi sangre permanece en mí; y yo en él.»
Nuevo Testamento, el Evangelio según San Juan

Carfax: turismo imposible

La abadía de Carfax es la residencia de Drácula por excelencia, vendida por Jonathan Harker al conde. Aquí es donde llegarían las cajas de tierra del conde desde su castillo en Transilvania. Y también será el último lugar que investigará el equipo antes de la huida del conde de nuevo a los Cárpatos. No se puede visitar. Ni en la realidad ni en la novela. La ficticia finca de Carfax comprada por el conde se sitúa entre el manicomio de Seward y una capilla cuya descripción remite a las ruinas de otra, la de la abadía de Whitby que aparece como tal más adelante. Fue la película de Tod Browning de 1931, el *Drácula* de Lugosi, la que creó el templo al fusionar ambas ideas, algo que el cine posterior canonizaría.

Las fuentes del paganismo

Al documentarse para *Drácula*, Stoker no sólo consultó la Biblia: el folclore, el esoterismo y el paganismo llenan sus páginas de secretos arcanos.

Aunque ciencia y racionalismo se imponían al final de la era victoriana, el gótico defendía que la razón dejaba mucho sin explicar: sueños, deseos, supersticiones y fenómenos de ultratumba chocaban con el empirismo, y de esa dialéctica fluía su arte. Entre las notas para *Drácula*, Stoker estudió lecturas que van desde la mitología a la nigromancia y del folclore al paganismo, lo que gracias al cine lo enlazaría con el *boom* del *folk horror*.

El mapa ritual

Nacido para designar a los adoradores de creencias ausentes en la Biblia, el paganismo (de «pago», rústico, de aldea) vivió, avanzado el siglo XIX, una recuperación aún en marcha. Algunos de sus focos, del druidismo a la mitología celta, surgieron de Irlanda, aunque el nordeste de Escocia o el noroeste de Inglaterra aparecen más en *Drácula*. Su otra gran huella pagana es el folclore de Transilvania que significa 'al otro lado del bosque'.

De Wampyr a Nosferatu

Pese a que Stoker se nutrió tanto del folclore de su infancia como de los conocimientos arcanos de Hall Caine, los archivos prueban que se empapó de supersticiones balcánicas. Entre ellas, las de los términos presentes en la obra como *wampyr* (*Conde Wampyr* era el primer título del libro); *strigoi* (brujas y espíritus que salen de sus tumbas), y *nosferatu* (que, pese a su fortuna, es un error o una invención de la que no hay orígenes fiables).

La Golden Dawn

Fundada en Londres en 1888, esta secta mágica, alquímica y astrológica tuvo entre sus filas a autores como Stevenson, Conan Doyle o Aleister Crowley. Las referencias esotéricas de *Drácula* han llevado a afirmar que Stoker formó parte de ella, en su rama disidente Alfa et Omega.

Armas paganas / Armas religiosas

Para combatir o repeler a Drácula, Van Helsing emplea tres armas «divinas» y tres «paganas».

Religiosas

- *Crucifijo.* El de Van Helsing es de oro. El de Harker es el regalo de una posadera asustada.
- *Hostia consagrada.* Obleas untadas o desmigadas sirven al doctor para crear espacios seguros.
- *Agua bendita.* La de ríos y mares detiene más a Drácula, pero el cine explotaría ésta sin parar.

Paganas

- *Ajo.* Sus flores sirven para proteger a Lucy. Es un remedio para parásitos, pero intestinales.
- *Rosal silvestre.* Su rama en el ataúd atrapa al vampiro. Un hábito romano, y rumano, perdido.
- *Luz del sol.* Como criatura nocturna, Drácula lo elude, pero no es tan letal como en pantalla.

* La creencia de que la luz del sol mata a los vampiros no surgió de *Drácula*, sino de la película de F. W. Murnau *Nosferatu*.

Las máscaras del monstruo

Vampiros históricos, literarios, de cine y hasta en helado. Drácula es el eslabón más afilado de una tradición que ha encumbrado al personaje.

¿Historia o histeria?

Los orígenes históricos del vampiro y la fiebre real por cazarlo en el siglo XVIII sirvieron a Stoker para apuntalar el árbol genealógico del conde.

Mezcla de mito y folclore, además de literatura, el vampiro resucitado por Drácula existe en casi todas las culturas desde tiempos remotos. Las lamias griegas, el mapuche Piuchén o los *jiang shi* chinos ejemplifican el amplio abanico de criaturas que se proponen como antecedentes, aunque fue la oleada europea de supuestos avistamientos del siglo XVIII, documenta-

da hoy como una «histeria colectiva», la que creó el mejor caldo de cultivo.

Refutada de forma erudita, y devota, por el benedictino Augustin Calmet (1672-1757), autor de *Tratado sobre los vampiros* en 1751, la fiebre de casos «reales» en la Europa del Este se combinó en manos de Stoker con un informe del cónsul William Wilkinson sobre los *Draculea*, o un artículo de Emily Gerard sobre la superstición en Transilvania. Desde entonces, la genealogía oficial del monstruo alarga su sombra más que el conde.

Retrato del señor de Valaquia que se conserva en el castillo de Ambras, en Innsbruck.

Vlad el Empalador

Cuestionado hoy, el mito sobre cómo Vlad Tepes el Empalador, o Vlad III de Valaquia (1431-1476), inspiró a Stoker para su conde ha hecho tal fortuna que sólo su legendaria crueldad puede explicarlo. Elegido por la sonoridad del apodo *Draculea* (en rumano significa, 'hijo del dragón' o 'del diablo'), el vaivoda que bautizó la obra ha sido investigado *a posteriori* hasta imponer el relato de un cruzado contra los otomanos que ensartaba, hervía y destripaba a sus enemigos, niños y embarazadas incluidos. Nada en Tepes, un héroe en Rumanía cuyo castillo de Bran es hoy una atracción, lo relacionó en realidad con la ingesta de sangre ni con poderes oscuros.

Ni siquiera que Stoker vinculara los *Draculea* a los *szeklers*, presuntos descendientes de Atila, tiene base real.

La leyenda de la Condesa Sangrienta

La aristócrata Erzsébet Báthory (1560-1614), apodada la Condesa Sangrienta tras las aberraciones que cometió obsesionada por su belleza, vivió en Transilvania un siglo después de Vlad III. Juzgada en 1612 en un proceso que espeluznó al mundo, según testimonios del servicio e investigaciones de familiares, habría asesinado a un sinfín de doncellas (unas seiscientas, según su diario) tras vejarlas, torturarlas en el interior de sus fastuosos castillos y aplicarse su sangre como elixir de juventud.

Con ayuda de brujas, alquimistas y mayordomos, creó horrores como la «doncella de hierro», un sarcófago con pechos y pinchos en su interior, gracias a los cuales llenaba bañeras de sangre para sumergirse en ellas. Descubierta por la tasa de mortalidad en la zona, esta adicta a la sangre, acaso la primera asesina en serie de la historia, aparecía en textos consultados por Stoker.

La surrealista Valentine Penrose fue la primera en investigarla a fondo, y la argentina Alejandra Pizarnik repitió su título, *La condesa sangrienta*, para retratarla en un libro hoy de culto.

Petar y Paole

Entre los casos de supuesto vampirismo real, documentados con profusión de pruebas y convertidos con el tiempo en materia de debate histórico, existen dos especialmente célebres. Se trata de los mil veces analizados casos de los serbios Petar Blagojević y Arnold Paole, fallecidos en 1725 y 1732. El primero era un campesino de Kisilova al que acusaron de salir de su tumba y asesinar a nueve aldeanos, incluyendo a un hijo suyo al que sorbió la sangre. El intendente imperial Frombald y un sacerdote exhumaron el cadáver incorrupto y descubrieron que tenía sangre en la boca, por lo que lo quemaron antes de que una noticia en un diario vienés difundiera el suceso.

Más efectista fue el caso de Paole, un soldado que decía haber sido atacado por un vampiro y que a su muerte infectó a dieciséis personas en dos brotes. La investigación antes de clavarle una estaca, a cargo de los médicos Flückinger y Glaser, se convirtió en un libro que recorrió Europa y generó una histeria colectiva de vampirismo.

Hoy día, ambos casos y el del folclorizado Sava Savanović se explican por el desconocimiento de la época sobre los procesos de descomposición del cuerpo.

¿Cómo se explican científicamente las supuestas muertes provocadas por vampiros que sucedieron en Serbia en la primera mitad del siglo XVIII? Varios estudios concluyeron que la supuesta epidemia de vampiros era una consecuencia de unas condiciones dietéticas cercanas a la inanición y de los efectos que tenían las prácticas relacionadas con creencias supersticiosas.

Hermanos de sangre

Decenas de obras, algunas conocidas por un Stoker que se rodeó de escritores amigos, precedieron a *Drácula* en su tratamiento literario del vampiro.

Más de treinta relatos y media docena de novelas forman la tradición literaria del vampiro en el siglo XIX. Con precedentes como *Lenore* de G. A. Bürger, «La novia de Corinto» de Goethe o *Tratado de vampiros* de Calmet, el árbol de familia de *Drácula* se centra en los clásicos de J. W. Polidori y J. S. Le Fanu, pero es fácil de ramificar.

Los relatos de E.T.A. Hoffmann «Aurelia» (1816) o de C. Nodier en *Infernaliana* (1822), «Berenice» o «Morella» de E. A. Poe (1835), «La muerta enamorada» de T. Gautier (1839), «El Vurdalak» de L. Tolstói (1839), «La dama pálida» de A. Dumas (1849), el poema de C. Baudelaire «La metamorfosis del vampiro» (1857), «Ella» de H. Rider Hag-

gard (1887), «Misterio en Viña Marziali» de A. Crawford (1887), «El castillo de los Cárpatos» de J. Verne (1892) o «El parásito» de A. Conan Doyle (1894), entre otros, demuestran que la figura del no muerto ávido de sangre estuvo viva antes de que Stoker bebiera de sus fuentes.

Polidori y Le Fanu

Las dos exitosas novelas cortas que, con *Drácula*, crearían el mito literario del vampiro son *El vampiro* de John William Polidori (1819) y *Carmilla* de Joseph Sheridan Le Fanu (1872).

La primera, creada como *Frankenstein* en Villa Diodati, la escribió el médico de Lord Byron, a quien se le atribuyó, y quien canonizó con su lord Ruthven el arquetipo

La noche del 16 de junio de 1816 en Villa Diodati, a las orillas del lago Leman, tras el famoso encuentro de un pequeño grupo conformado por el médico de Lord Byron, John William Polidori, el escritor Percy Bysshe Shelley; su amante Mary Shelley, y su hermanastra Claire Clairmont, se concibieron dos mitos, dos novelas góticas: *Frankenstein* y *El vampiro*.

romántico del vampiro noble, perverso y seductor. Fue la encarnación seminal del paradigma, y el único logro del malogrado Polidori, quien se cree que volcó en ella sus sentimientos hacia el poeta.

Erótica y revolucionaria, la cima del gótico *Carmilla* narra la relación entre Laura y la inasible joven del título, inspirada en la sangrienta condesa Báthory y revelada al fin como vampira. Por la estructura de ataque-resurrección-caza y las insinuaciones lésbicas, reflejadas en las novias de *Drácula*, ésta y otras obras del gran Le Fanu, como *El tío Silas*, fueron decisivas para Stoker.

«Tal vez la más bella novela de todos los tiempos», según Oscar Wilde, fue el mayor elogio que *Drácula* recibió en vida de su autor: la obra no tuvo éxito hasta pasada su muerte.

Varney, el vampiro

Pese a ser un deslavazado *penny dreadful*, el popular folletín de James Malcolm Rymer *Varney, el vampiro* (o *El festín de sangre*) (1845/1847) tuvo una influencia decisiva en *Drácula*. La llegada de la criatura en barco, sus colmillos afilados, la capa, las marcas del cuello de las víctimas o la fuerza y la capacidad de transformarse e hipnotizar del conde aparecían en sir Francis Varney, prototipo de chupasangres arrepentido que arañaría ventanas y recibiría homenajes incluso en *Buffy, cazavampiros*. Casualmente, el año de su publicación fue el del nacimiento de Bram Stoker.

Cuatro amigos

- **Oscar Wilde** (1854-1900). Dublineses, estudiantes del Trinity, amantes del teatro y rivales en su amor por Florence, Wilde y Stoker vivieron en paralelo. Tras años tratándose y evitándose, se unieron en la posteridad con *Drácula* y *Dorian Gray*, sus estocadas a la moralidad victoriana.
- **Walt Whitman** (1819-1892). Enamorado de *Hojas de hierba* pese a su desprecio a las convenciones poéticas y afectivas, un Stoker veinteañero le envió cartas devotas. En tres de sus viajes a Estados Unidos, el autor visitó además a Whitman, quien le regalaría un ejemplar autografiado.
- **Sir Arthur Conan Doyle** (1859-1930). El autor de la holmesiana *La aventura del vampiro de Sussex* dijo que *Drácula* fue la mejor historia de *diablerie* que leyó en años. Él y Stoker, creadores de los personajes más llevados al cine, se veían en el Lyceum y se entrevistaron en 1907.
- **Hall Caine** (1853-1931). Tan leído como Dickens en su día e íntimo de Stoker (es el «Hommy-Beg» de la dedicatoria de *Drácula*), lo ayudó con dinero, apoyo emocional y consejos literarios, y hay quien defiende que revisó la novela. Escribió la necrológica de Stoker en el *Telegraph*..

Un icono transmedia

Del cine al cómic, y de los videojuegos a los disfraces de Halloween, la imagen de Drácula es un símbolo pop que a menudo barre a Stoker.

Murciélagos, lobos, ratas, arañas, lagartos, jirones de niebla... Las mil metamorfosis de Drácula en obras como la de Stoker presagiaban su polivalencia. Catapultada primero por su éxito en el teatro, con las obras de Hamilton Deane en Derby (1924) y Broadway (1927), la imagen del conde saltó enseguida al cine, que lo convirtió en un icono sólo al alcance de la criatura de Frankenstein, Sherlock Holmes, Mickey Mouse o Superman.

Las caras de Drácula

- **Bela Lugosi**. Bregado en el teatro, marcó el rumbo en el filme de Tod Browning (1931). Su rara personalidad y su desconocimiento del inglés crearon un Drácula hipnótico. Repitió en 1948.
- **Christopher Lee**. Hasta siete veces lo interpretó para la Hammer, con Peter Cushing a su lado. Empezó en 1958 con Terence Fisher y encarnó al primer bebedor de sangre roja gracias al color.
- **Frank Langella**. Junto a sir Laurence Olivier, fue vampiro antes que Nixon. Su *Drácula* de 1979 le abrió Hollywood con polémica en una época de condes paródicos, interraciales y depresivos.
- **Klaus Kinski**. La revisión del *Nosferatu* de Murnau por Werner Herzog (1979) le llevó a decir, libre de derechos: «¡Yo soy Drácula!». El vampiro del alemán era triste, bisexual y fantasmagórico.
- **Gary Oldman**. Protagonista del fiel y personal *Drácula* de Francis Ford Coppola (1992), Oldman fue con sus lengüetazos a navajas el Vlad más sanguinario... y el Drácula más enamorado.

Así describe J. Hakper al Conde en la novela:

«Tenía un rostro aguileño muy marcado, con el tabique de la delgada nariz muy pronunciado; la frente alta, abombada, y con poco pelo en las sienes. Las cejas eran muy pobladas. La boca, era imperturbable y de aspecto más bien cruel, con dientes blancos de agudeza peculiar. Éstos le asomaban sobre los labios, cuyo notable color rojizo daba muestras de una vitalidad asombrosa para un hombre de sus años. Por lo demás, tenía las orejas pálidas y extremadamente puntiagudas. El efecto general que producía era de una palidez extraordinaria.»

Diario de Jonathan Harker, *Drácula*

En paralelo, y como corresponde a toda vampirización, el personaje iría superando al autor y su obra inicial. Desconocido para el gran público, y estigmatizado por su adscripción al denostado género de terror, el discreto gigantón irlandés que alumbró a uno de los grandes mitos de la modernidad iría pasando pese a estudios y biografías al mismo segundo plano que Mary W. Shelley con su *Frankenstein*.

Ajeno a tal suerte, el icono crecería: si las películas de la Universal y la Hammer cincelaron la imagen de la capa y los colmillos, el vampiro explotaría con la llegada de la televisión hasta convertirse en disfraz típico de Halloween, mientras la narrativa transmedia lo reinventaría hibridándolo con el zombi, el erotismo *queer*, el monstruo pop, el romance de instituto y hasta los caramelos. Sin síntomas aún de agotamiento, el Drácula postcovid sigue infectando a raudales y apunta a nuevos mordiscos tecnológicos.

Top Five de narrativa *post-Drácula*

- *Soy leyenda*, de Richard Matheson (1954). Una plaga y el último hombre vivo. Un hito.
- *Entrevista con el vampiro*, de Anne Rice (1973). Crónicas *best seller* de Lestat: dolor y sexo.
- *El misterio de Salem's Lot*, de Stephen King (1975). ¿Y si Drácula fuese a un pueblo estadounidense en los años setenta?
- *Déjame entrar*, de J. A. Lindqvist (2004). Niño de doce, vampira de doscientos años. El maestro del siglo XXI.
- *Crepúsculo*, de Stephenie Meyer (2005). El vampiro como fenómeno *teen* y, hasta ahí, casto.

Diez vampirizaciones pop

- Cómic: *Drácula*, Georges Bess (Norma). Arte y ambiente fiel en blanco y negro. Bess eterno.
- TV: *The Munsters* o *La familia Monster.* Al Lewis como abuelete vampiro y *mad doctor*, la gran *sitcom* familiar.
- Videojuego: *Vampyr* (Dontnod). Médicos, Londres victoriano, heridas psicológicas y rol.
- Serie: *Buffy, cazavampiros* (1997-2003). Sarah M. Gellar, comedia, terror y jóvenes eternos.
- Música: «Bela Lugosi's Dead» (Bauhaus). Nueve minutos de *rock* gótico, no muertos y ropa postpunk.
- Peluche: Conde Draco (*Barrio Sésamo*). El teleñeco adicto a contar. Su número era el 34.969.
- Ópera: *The Vampyr* (Heinrich Marschner). De 1828 hasta hoy, conectó a Weber y a Wagner.
- Disfraz: *Conde Drácula.* Clásico de Halloween. Dientes, chaleco, capa… ¡y mucho kétchup!
- Cereales: *Count Chocula.* De la serie Monster Cereals, nacida en 1971. Maíz y chocolate.
- Postre: *Drácula* de Frigo. Helado rojo y negro, de fresa y cola, que causó furor desde 1977.

Los papeles de Stoker

La palabra oral y escrita recorren *Drácula* de cabo a rabo: cartas, diarios, noticias, telegramas, grabaciones… y el teatro en todos sus roles.

Máquinas de escribir... y de hablar

Epistolar y documental, *Drácula* añadió verosimilitud al gótico. Del telégrafo al fonógrafo, refleja los avances tecnológicos en las comunicaciones del siglo XIX.

Una de las originalidades del *Drácula* de Stoker es su estructura documental, heredada de *La piedra lunar* y *La mujer de blanco* de Wilkie Collins y elogiada por maestros como H. P. Lovecraft.

Mitad cartas, mitad diarios, con añadidos en forma de telegramas, memorandos, grabaciones, informes, recortes de prensa y hasta una llamada de teléfono. El dosier de los cazadores del conde, lo lamenta Harker

Telégrafo, fonógrafo y gramófono

Muchos inventos que cambiaron el siglo XIX aparecen en *Drácula* empleados por el doctor Seward. El telégrafo existía desde 1837, y con el código morse sería el internet victoriano. El fonógrafo lo había inventado Thomas Edison en 1877 y sirvió, como a Seward, de registro médico. Y el gramófono, precedente del tocadiscos que en vez de cilindro usaba disco plano, lo patentó Emile Berliner una década después. Stoker, atento, introdujo ciencia a la última en innovación.

en la nota final, son sin embargo copias de los originales destruidos por Drácula, y nadie las aceptaría «como pruebas de una historia tan descabellada».

Segundo gran líquido de la novela, la tinta evidencia el poder de la palabra en Stoker, que pasó tres décadas intercambiando mensajes con medio mundo por su trabajo en el Lyceum Theatre. Gracias a ello, supo reflejar los cambios y avances de una sociedad que corría a toda máquina hacia la comunicación de masas.

Mina, taquimeca

Autora junto a Jonathan, Lucy y Seward de los principales diarios de la novela, Mina demuestra estar al día cuando transcribe documentos a toda velocidad. Domina la taquigrafía, cuyo sistema imperante en Londres era, desde 1837, el Pitman, y usa una máquina de escribir portátil, la Columbia, la más fiable, tan reciente que había salido en 1885. Pesaba algo menos de tres kilos.

Noticias de sucesos

En *Drácula*, recogen sucesos indirectos sobre el conde *The Westminster Gazette*, *The Pall Mall Magazine*, *The Dailygraph*, *The Whitby Gazette*, *The Exeter News*... En una época en la que Londres llegó a tener veinte periódicos matutinos, Stoker reprodujo en *Drácula* tres piezas periodísticas que seguían, sin revelarlos, los pasos del vampiro: una crónica sobre una tormenta, una entrevista al guarda del zoo tras la fuga de un lobo y una noticia de sucesos sobre niños perdidos.

Carta de Drácula a Jonathan Harker:

Amigo mío:
Bienvenido a los Cárpatos. Lo espero con impaciencia. Duerma bien esta noche. La diligencia saldrá para Bucovina mañana a las tres; tiene usted un asiento reservado en ella. Mi carruaje lo esperará en el desfiladero del Borgo y lo traerá a usted hasta mí. Confío en que haya tenido buen viaje desde Londres.
Su amigo, Drácula

Correos Londres-Transilvania

Las cartas sirven a personajes como Harker, prisionero del conde en su castillo de los Cárpatos, para comunicarse con su amada y su bufete de abogados en Londres. El Royal Mail, el servicio británico de correos fundado en 1516, era de tal eficacia que, sin él, la estructura epistolar de *Drácula* habría hecho aguas. Legendario entre sus usuarios, el correo británico popularizó el uso del sello en 1850 e introdujo gatos para que los ratones no agujerearan sus sacos en el siglo XIX.

La cámara Kodak

Cuando Harker le habla a Drácula de su finca de Carfax, le muestra fotos tomadas con una máquina Kodak. Toda una novedad, ya que la cámara había sido inventada por George Eastman en 1888. Su lema era el siguiente: «Tú haces clic y nosotros hacemos el resto».

El grafómano Stoker

Pese a las muchas horas que le exigía el Lyceum, el infatigable Stoker fue capaz de escribir toda la vida. Ninguna de sus obras alcanzaría la calidad de *Drácula*, pero algunas aún perduran:

- *El entierro de las ratas* (1895). Destacado en todas sus recopilaciones, este relato pesadillesco, ambientado en París, fue escrito en plena luna de miel. Las ratas fueron una obsesión del autor.
- *La guarida del gusano blanco* (1911). Su segunda novela más importante, y la más loca, la escribió moribundo. En ella, una mujer-serpiente, lady Arabella, ataca desde un pozo hediondo.
- *El invitado de Drácula* (1914). Precuela de *Drácula*, intentó venderse como un primer capítulo excluido. En él, los lobos y la nieve advierten a un caballero inglés camino de Transilvania.

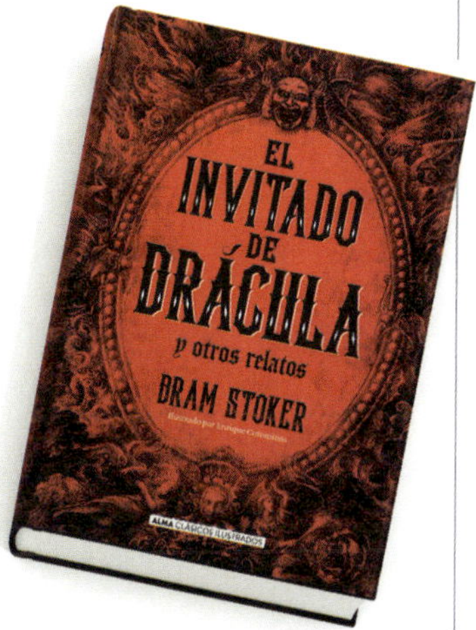

¡Arriba el telón!

Resulta difícil minimizar el papel del teatro en la vida de Stoker: inspiración, trabajo, relaciones, la influencia de Irving... Acaso por ello, *Drácula* triunfó en el escenario.

Hasta la llegada de Oscar Wilde, el teatro en la Inglaterra de Shakespeare pasó un siglo XIX reducido a su mínima expresión, con un abuso del *burlesque* y pocos autores notables más allá de Bernard Shaw. Stoker, sin embargo, supo ver su grandeza, hasta el punto de que una de las grandes influencias de *Drácula* es, sin duda, *Macbeth* con su rey en un castillo aislado y su aparición de tres mujeres extrañas. Además de ser siete años crítico teatral y acabar dirigiendo el Lyceum Theatre para su idolatrado Henry Irving, con quien llevó a escena *Hamlet*, *Otelo*, *Romeo y Julieta* y *El mercader de Venecia*,

el irlandés trabó relación, y hay quien cree que más, hizo amistad con la gran actriz Geneviève Ward, y concibió a su vampiro como un personaje para el escenario. No iba desencaminado: pese al rechazo de Irving a la idea, una vez muerto Stoker, serían las adaptaciones protagonizadas por actores teatrales como Edmund Blake, Raymond Huntley y Bela Lugosi las que encumbraron al mito hasta que el cine le hincó el colmillo.

Las pantomimas

Aficionado a la escena, Abraham Stoker padre llevaba al pequeño Bram a las pantomimas navideñas, el espectáculo familiar de la Gran Bretaña victoriana. De *Barbazul* a *Aladino*, entre reyes diabólicos y actores travestidos, estas obras morales impactaron más al autor que los cuentos de hadas: «Ir a su primera pantomima es el mayor acontecimiento en la vida de un niño», escribió.

El crítico Stoker

El 22 de noviembre de 1871, Stoker se estrenó como crítico teatral para el *Dublin Evening Mail*. Nunca firmó, y no cobraba, pero la asistencia a los estrenos durante siete años, hasta que fue nombrado director del Lyceum Theatre, le proporcionó una formación dramática y escenográfica de gran influencia en *Drácula*. El trabajo nació de su indignación al ver que el Hamlet de Irving que le causó la primera epifanía por el actor apenas tuvo eco en la prensa local.

¿Qué fue más el teatro para Stoker, una ayuda o un obstáculo? Sus infinitas horas a cargo del Lyceum le quitaron tiempo de escritura, pero la influencia de obras y actores mejoraron su alcance. En palabras de Lady Macbeth: "¿Quién iba a pensar que el anciano albergase tanta sangre en su interior?"

Las rutas del conde

Mapas, atlas, itinerarios y trayectos en tren, barco o carruaje recorren *Drácula*, la novela de un intento de inmigración rechazado.

De Londres a Transilvania, de Transilvania a Londres y de nuevo al revés. Novela de viajes y viajeros, *Drácula* evidencia cómo tren y barco eran los medios de transporte del siglo XIX. De los Cárpatos a Carfax, vía Whitby, y de ahí al célebre desfiladero del Borgo y el Danubio, los desplazamientos de Harker, el conde y Van Helsing —éste desde Ámsterdam—, aparecen tan detallados en la obra que podrían dibujarse sobre el mapa.

Iniciada con reproches sobre retrasos («cuanto más al este se está, menos puntuales son los trenes. ¿Cómo serán en China?»), la obra también inmortalizó la llegada a Whitby de la goleta *Demeter*, envuelta en bruma y con el capitán muerto atado al timón. Su diario de a bordo relata la muerte de la tripulación por cargar cajones de tierra remota. Para esa escena Stoker se basó en el naufragio real del *Dimitri* en 1885, procedente de Narva.

Obsesión por los trenes

«Soy una fanática de los trenes», dice Mina en *Drácula*. País con el ferrocarril más antiguo del mundo, inaugurado en 1825 con el trayecto Stockton-Darlington, Inglaterra vivió una fiebre por las vías en el siglo XIX, y en 1870 ya tenía veinticuatro mil kilómetros de ellas. Pese a las protestas y los tropiezos, el auge de los trenes de pasajeros y mercancías corrió tan paralelo a la Revolución Industrial que, entre Manchester y Liverpool, pasaron de veintinueve diligencias diarias a tan sólo dos.

Ruta de inmigración

Conocido país de emigrantes y expatriados, Irlanda afectó también al respecto a los Stoker desde 1872. De un modo análogo, a veces se ha visto el rechazo de Drácula para instalarse en Londres como el temor del Imperio a la llegada de extranjeros de ignotas costumbres.

Jonathan Harker escribe a Mina desde el tren: «**3 de mayo. Bistritz.** Salí de Múnich el 1 de mayo a las 8.35 de la tarde y llegué a Viena a la mañana siguiente; la llegada estaba prevista para las 6.46, pero el tren sufrió una hora de retraso.» Así comienza la novela.

La ley del deseo

Los papeles oficiales regían la era victoriana. Protagonizada por un abogado y llena de legalismos, *Drácula* refleja la importancia del derecho en la época.

«Antes de partir de Londres me enteré de que había aprobado el examen y ya soy abogado con todas las de la ley», le escribe Jonathan Harker a Mina al principio de la novela.

No es casualidad que sean los aspectos legales los que desencadenan la trama en *Drácula.* Con la visita del pasante y pronto abogado Harker al castillo del conde para ayudarlo en la adquisición de su finca de Carfax, Stoker abría un relato que es también el del vampiro poniendo en regla su aterrizaje en Londres. De la Lincoln's Inn, citada en el relato, a las consultas a bufetes y consignatarios por herencias, trámites y requerimientos en torno a sus peripecias, la de Stoker es una historia con todas las de la ley.

Con un sistema jurídico, la *common law*, nacido en el siglo XIV, y más atento a la jurisprudencia que a las leyes, Inglaterra vivió en la época victoriana una sacudida de su sistema legal. La lenta irrupción de las clases medias debida a la industrialización hizo que el choque entre los privilegiados y unas ciudades con explotación obrera, prostitutas y trabajo infantil condujera a nuevos tiempos que harían sudar a los abogados.

Bufetes londinenses

Muchas casas de abogados aparecen en la obra de Stoker, él mismo con título desde 1890: Carter, Paterson & Cía., Coutts & Co., Marquand & Lidderdale, Mitchell e Hijos & Candy... En Londres, los bufetes pertenecían a las asociaciones profesionales, las Inns of Court, desde 1320. Tan prestigiosa antigüedad permitía a *barristers* y *solicitors* aplicar el derecho anglosajón con la precisión que Van Helsing pide al querer hacerlo todo «*en règle*».

Don Dinero

«¡Creo que este caso lo decidirá el juez Monedero!» La cita de Harker hacia el final de *Drácula*, entre otras referencias al vil metal, prueba que a Stoker le preocupaban las cuestiones pecuniarias. Aunque se ganó bien la vida al frente del Lyceum, al final de sus días estaba casi arruinado, y las ventas iniciales de *Drácula* no lo arreglaron ni cuando se hizo agente literario para fiscalizar las ventas. A su muerte, su viuda malvendió las notas de trabajo de la novela.

Permiso de armas

Caso evidente de víctimas que se toman la justicia por su mano y al margen de autoridades, la destrucción de Drácula se produce gracias al arsenal del equipo de Van Helsing: junto a las armas divinas y paganas del doctor, estacas incluidas, Harker lleva un enorme cuchillo nepalí llamado *kukri*, de hoja curva y usado en las guerras mundiales, y el estadounidense Morris varios rifles Winchester, lanzados en 1866, y otro popular cuchillo, el *bowie*, al fin letal para el conde.

El poder de la palabra

Trufada de silencios y conversaciones, *Drácula* es una de las novelas más comentadas de la historia. Los libros que hablan de ella resumen sus poderes.

Es el secreto más secreto de *Drácula*: el monstruo apenas sale. De ahí que, a diferencia del cine, Stoker lo presente con misterio y luego lo oculte durante trescientas páginas, dejando que los demás hablen de él. Un truco de maestro, un *trompe l'œil* de monstruo de las letras. El irlandés le hincó el diente al talento. Y el mundo habla aún de ello.

Poderes y limitaciones

A diferencia de vampiros posteriores, el Drácula de Stoker tiene poderes y debilidades listados así por Van Helsing:

Poderes:

- No envejece ni muere por causas naturales.
- Rejuvenece si bebe sangre.
- Se transforma en animales (lobos, murciélagos) y cosas (niebla, luz, polvo).
- Posee una fuerza sobrehumana.
- Puede trepar y reducir su altura y su volumen.
- Entra o sale de cualquier sitio no protegido.
- Es capaz de ver en la oscuridad.
- Puede contagiar, hipnotizar y comunicarse en sueños.

Debilidades:

- No proyecta sombra ni se refleja en los espejos.
- Hay que invitarlo a entrar (la primera vez).
- Su poder cesa o se reduce con la luz del día.
- Debe regresar periódicamente a su ataúd.
- No puede atravesar el agua corriente.
- Sucumbe al ajo, al rosal y a los objetos sagrados.
- Muere por balas consagradas, estacas o similares.
- No resucita si se le corta la cabeza siendo cadáver.

«Vi al conde tendido en la caja sobre la tierra, que se había esparcido en parte a su alrededor con la violenta caída del carro. Tenía una palidez mortal, como una estatua de cera, y los ojos rojos le brillaban con esa mirada vengativa horrible que yo conocía tan bien. Mientras lo estaba mirando, sus ojos vieron el sol poniente y su mirada de odio se convirtió en mirada triunfal.

Pero en aquel mismo instante el gran cuchillo de Jonathan centelleó al hender el aire. Solté un chillido cuando vi cómo le cortaba el cuello, en tanto que el señor Morris le clavaba el cuchillo de monte en el corazón. Fue como un milagro; ante nuestros mismos ojos, y casi en un suspiro, el cuerpo se redujo a polvo y desapareció de nuestra vista.»